À tous les membres de la famille

L'apprentissage de la lecture est l'une des réalisations les plus importantes de la petite enfance. La collection *Je peux lire!* est conçue pour aider les enfants à devenir des lecteurs experts qui aiment lire. Les jeunes lecteurs apprennent à lire en se souvenant de mots utilisés fréquemment comme « le », « est » et « et », en
phoniques pour décoder de nouveaux mots
des illustrations et du texte. Ces livres offre
enfants aiment et la structure dont ils ont b
et sans aide. Voici des suggestions pour aid
pendant et après la lecture.

Avant

Examinez la couverture et les illustrations, et demandez à votre enfant de prédire de quoi on parle dans le livre.

Lisez l'histoire à votre enfant.

Encouragez votre enfant à dire avec vous les formulations et les mots qui lui sont familiers.

Lisez une ligne et demandez à votre enfant de la relire après vous.

Pendant

Demandez à votre enfant de penser à un mot qu'il ne reconnaît pas tout de suite. Donnez-lui des indices comme : « On va voir si on connaît les sons » et « Est-ce qu'on a déjà lu un mot comme celui-là? ».

Encouragez l'enfant à utiliser ses compétences phoniques pour prononcer d'autres mots.

Lorsque l'enfant a besoin d'aide, lisez-lui le mot qui pose un problème, pour qu'il n'ait pas trop de mal à lire et que l'expérience de la lecture avec les parents soit positive.

Encouragez votre enfant à lire avec expression... comme un comédien!

Après

Proposez à votre enfant de dresser une liste des mots qu'il préfère.

Encouragez votre enfant à relire ses livres. Il peut les lire à ses frères et sœurs, à ses grands-parents et même à ses toutous. Les lectures répétées donnent confiance au jeune lecteur.

Parlez des histoires que vous avez lues. Posez des questions et répondez à celles de votre enfant. Partagez vos idées au sujet des personnages et des événements les plus amusants et les plus intéressants.

J'espère que vous et votre enfant allez aimer ce livre.

Francie Alexander,
spécialiste en lecture
Groupe des publications
éducatives de Scholastic

À Andrew et Peter,
qui n'aiment pas les déplacements
—S.K.

À Jack, mon grand frère
—L.D.

Catalogage avant publication de Bibliothèque et Archives Canada

Krensky, Stephen

Nous déménageons! / Stephen Krensky ; illustrations de Larry DiFiori ; texte français de France Gladu.

(Je peux lire!)

Traduction de: We just moved!
Publ. à l'origine sous le titre: Mon nouveau château.
Niveau d'intérêt selon l'âge: Pour les 5-7 ans.
ISBN 978-0-545-98841-4

I. Di Fiori, Lawrence II. Gladu, France, 1957- III. Titre.
IV. Collection.

PZ23.K74Mon 2009 j813'.54 C2008-907879-9

Édition pour la Banque Royale du Canada : ISBN 13 978-0-545-98840-7

Édition publiée par les Éditions Scholastic, 604, rue King Ouest,
Toronto (Ontario) M5V 1E1 CANADA.

6 5 4 3 2 1 Imprimé au Canada 09 10 11 12 13 14

Nous déménageons!

Stephen Krensky
Illustrations de Larry DiFiori
Texte français de France Gladu

Je peux lire! — Niveau 2

Nous déménageons.

Quelle corvée! Nous emballons
tous nos vêtements.

Et emportons tous nos meubles.

Sans oublier nos animaux
de compagnie.

Le voyage est plutôt long.
Il y a beaucoup de circulation.

Notre nouvelle demeure
est plus grande que l’ancienne.

À notre arrivée, il fait noir.
J’entends un bruit étrange.

Mes parents disent que
c’est seulement le vent.

Le lendemain matin, je regarde dehors.
De ma chambre, il y a une jolie vue.

Il faut du temps pour explorer les lieux.
Que cette cuisine est moderne!

Nous découvrons une salle de jeux au sous-sol.

De nouveaux voisins viennent nous souhaiter la bienvenue. Ils semblent très gentils.

Mais certains voisins
m'inquiètent un peu.

La ville est toute proche.
J'apprends à m'y retrouver.
Certaines boutiques ressemblent
à celles de mon ancienne ville.

Ici, les gens font parfois
les choses d'une autre façon.

Mais certaines choses ne changent pas!

Les enfants ont des règles différentes
pour leurs jeux. Mais je m’habitue.

Bien sûr, je m’ennuie de mes anciens amis. J’aime bien recevoir de leurs nouvelles.

Plus le temps passe,
plus j'apprécie ma nouvelle vie.

Je commence à me sentir chez moi.